M000170299

DESAMOR

Douji Tutasi

Reservados todos los derechos. No se permite la reproducción total o parcial de esta obra, ni su incorporación a un sistema informático, ni su transmisión en cualquier forma o por cualquier medio (electrónico, mecánico, fotocopia, grabación u otros) sin autorización previa y por escrito de los titulares del copyright. La infracción de dichos derechos puede constituir un delito contra la propiedad intelectual.

El contenido de esta obra es responsabilidad del autor y no refleja necesariamente las opiniones de la casa editora. Todos los textos e imágenes fueron proporcionados por el autor, quien es el único responsable por los derechos de los mismos.

Publicado por Ibukku
www.ibukku.com
Diseño y maquetación: Índigo Estudio Gráfico
Copyright © 2021 Douji Tutasi
ISBN Paperback: 978-1-64086-956-1
ISBN eBook: 978-1-64086-957-8

A mi familia, quien siempre me apoya.

A ustedes, los lectores, por leer mi historia.

Al autor, por finalizar esta obra.

I

Miércoles, 24 de diciembre de un año que prefiero olvidar. Las luces brillaban a mi alrededor, las calles se encontraban casi vacías, y en las aceras se concentraban la gente con mayor libertad, riendo, llorando, sintiéndose vivos por una vez en su vida.

Hacía frío, mucho frío...

Me encontraba tendido sobre mis recuerdos sangrando lentamente, sabiendo que había perdido el juego. Reí, era una ocasión para reírse. De hecho, no me había reído tanto desde hacía mucho tiempo... Sin embargo, la noche era mi testigo, y me miró con tristeza mientras la nieve comenzaba a caer.

— ¿Qué salió mal? –me dije–. ¿Era tan evidente que yo no podía verlo?

Sí. Eso debía ser.

Pero era demasiado tarde, la respuesta a la mayor pregunta, a la mayor tragedia que viví en mi vida había llegado demasiado tarde.

Entonces, ¿qué fue lo que pasó?

Nos remontamos al inicio, hace 4 años, en mis gloriosos días de secundaria, cuando mis amigos aún estaban vivos y éramos más unidos que nunca. Cada vez que recuerdo esos días me siento impotente, impotente de sólo pensar en aquella noche. Si, aquella horrible noche cuando fuimos los mayores idiotas que el mundo haya conocido.

Y claro, fue mi culpa por no verlo.

Esa persona que siempre había estado con nosotros.

De la cual nunca sospeché...

Todo comenzó una mañana como las demás, en las que el sol abrasador me caía en la cara, desde la mañana Daniel me había hablado de los deportes y otras cosas que no me importaban. Le encantaban a él y a nadie más, era un sabelotodo.

Pero aun así era mi amigo.

Luego estaba Stephanie, un amor platónico, desde antes nos habíamos conocido y con el tiempo había desarrollado algo por ella, pero claro.

Era un sentimiento que nunca pude decir.

Luego estaba Laura, mi mejor amiga. Desde que éramos niños sabíamos mucho uno del otro. A veces solía ser muy eufórica con todo, otras veces era muy reservada. Siendo sincero... Me enamoré de ella una vez, cuando me di cuenta de su lindura. Aunque luego ella comenzó a salir con alguien más y mande al diablo aquel sentimiento, incluso cuando rompieron y ella volvió a juntarse con nosotros...

Como sea.

Aquel soleado día, 12 de agosto, en medio del calor del verano, la brisa helada y la nube solitaria sería el día indicado, el día de nuestra ansiada libertad.

Saldríamos a la playa.

Y nadie nos podría decir lo contrario.

Teníamos todo listo, transporte, comida, y un lugar donde quedarnos.

Nos iba a llevar la hermana mayor de Stephanie, Grace.

Recuerdo aquel día como si fuera ayer, los cuatro estábamos en el estacionamiento, Daniel estaba haciendo trucos con una pelota, Stephanie estaba maquillándose en frente de un espejo diminuto, Laura estaba leyendo un libro y yo solamente estaba inmóvil, asándome a plena luz del sol, sujetando mi mochila, mirando a Stephanie con el corazón en la boca.

Nada fuera de lo normal.

De repente Grace llegó en su camioneta roja y pusimos nuestras cosas en la parte trasera, el calor del verano me estaba derritiendo como un helado. Salimos cerca de las once y tardamos dos horas en llegar a la playa. Por aquellos días todo era desierto, incluso en las vacaciones. Al llegar hicimos lo que hacían los amigos: nadar en el mar hasta el cansancio, tomar el sol, jugar voleibol en la playa y por supuesto, reír por cualquier cosa.

Algunos días no hizo mucho sol.

En otros... Hacia demasiado.

Por la noche mientras las olas nos acompañaban en nuestra velada solíamos prender una fogata y nos poníamos a contar chistes e historias variadas. Todo era perfecto... Aunque en realidad todo estaba de mal en peor.

Y yo, no pude darme cuenta.

Grace tenía un grave problema con el alcohol que notamos de inmediato, intentamos disuadirla varias veces, pero no pudimos, habíamos fallado, y lo digo, principalmente, porque después de ese preciado momento juntos.

Todo se fue abajo.

Estábamos demasiado ebrios, la mirada era borrosa y no podía caminar bien. No sabía la hora, y sentía un vacío en mi corazón que dolía. Dolía mucho. Volvimos a la casa primero, Daniel y yo dormíamos en cuartos separados, él estaba en la habitación de al lado, mientras que yo estaba en una habitación ligeramente más pequeña, intentando dormir entre dolores de cabeza y una náusea que inundaba mis pensamientos, recordando la tensión tan solo unas horas antes, cuando me había enterado del verdadero amor de Stephanie.

Cuando supe la verdad.

Nadie quería decírmelo o realmente no lo sabían, era su secreto más profundo y hasta ese entonces, ninguno de nosotros había querido averiguarlo.

Sin embargo, ella se delató a sí misma.

Laura hizo esa estúpida pregunta.

—¿Hay alguien que te gusta? —preguntó—. Y luego ella no tuvo más opción que decirnos.

Me dolió, no pienso mentir, no quise saber más de ello y la mandé al diablo, así como los sentimientos que había tenido por Laura.

En el sentido literal, quise ser indiferente.

Me ardían las emociones, y la cólera...

Viví el infierno de mis pensamientos, los gritos de ira, la rabia y luego, como si el acto hubiera terminado, el sueño se fue apoderando de mis sentidos y caí rendido en mi cama.

No sabía que esa noche... Esa fatídica noche.

Eso pasó.

Fue un acto pasional, mientras dormía, no me había dado cuenta de lo que había pasado.

Ni las consecuencias que eso traería.

Cuando en efecto me levanté la mañana siguiente salí a la sala con un fuerte dolor de cabeza y un ardor en los ojos como si hubiera llorado toda la noche, sin embargo, todos los dolores se fueron cuando noté que algo no estaba bien.

La casa estaba callada, solo escuchaba el mar.

Olía a muerte.

O mejor dicho... A sangre.

De repente el viento golpeó la ventana con fuerza y esta empezó a sacudirse, Daniel fue el primero en salir, desperezándose en el proceso.

Todo era cada vez más sospechoso.

La tensión aumentaba drásticamente.

Laura apareció con una cara distante, pálida, y entonces, como si fuera obra de un macabro destino, corrí, corrí sin saber por qué al cuarto de Stephanie lleno de un montón de dudas y emociones. Esperaba encontrarla dormida, molesta o quizás serena al no recordar nada de la noche anterior, para que así estuviera con nosotros, para así pasarla tan bien como siempre lo habíamos hecho.

Como amigos.

Entre la angustia y cólera llegué hasta la puerta de madera y el pestillo, ya oxidado se rompió casi de inmediato por la intensidad.

Abrí la puerta de la habitación y lo ví, el rostro de la muerte, sobre el piso yacía nuestra amiga, sobre un charco de sangre, envuelta en un crimen horrendo.

Y yo, fui el primero en verlo.

Al principio me invadió una impotencia y un terror casi invisible que subía por todo mi ser, como el veneno de la realidad paralizando mi cuerpo, recordándome que lo que estaba pasando era real, y que yo estaba en primera fila para verlo.

Caí sobre el suelo con una mirada horrorizada.

Y después… Solo se escuchó un grito.

II

La policía llegó una hora después y nos tomaron como testigos. Todos fuimos a la comisaría en completo silencio. Me encontraba en la ventana de la patrulla, observando como mis vacaciones tan ansiadas se desvanecían cruelmente, como un sueño perfecto, en el que lo tienes todo, y al despertar...

No tienes nada.

Los interrogatorios empezaron cuanto antes.

Al principio nadie quería decir nada.

Estábamos demasiado aterrados.

El detective de turno le dijo al oficial que nos diera tiempo, fueron instantes de dolor, mucho dolor, y pena. No podía estar de pie, mis piernas temblaban, las lágrimas caían sin que yo me diera cuenta.

Mi mente susurraba la misma frase:

—*"No sabes cuánto vale algo hasta que lo pierdes"*.

¿Por qué me decía algo tan duro?

¿Por qué le dije todas esas cosas?

¿Por qué me dejé llevar por la ira?

La culpa me mataba por dentro.

–Idiota –me dije–. ¿cómo puedes disculparte con alguien que ya está muerto?

Antes de rendir declaraciones llamé a mi madre y le dije lo que pasó. Fue entonces cuando me dijo que Ángela estaba con ella.

Mi mente estaba en blanco

No sabía que decir.

¡¿Acaso no me estaba tomando en serio?!

Después de todo lo que pasó con ella nunca la habría querido volver a ver en mi vida, lo que pasó era simplemente...

Injusto.

No, ese no era el caso, necesitaba enfocarme.

Le dije que estaría bien y colgué.

Cuando dejé el teléfono caminé unos pasos y guardé ese grito de ira para después, ya que, si gritaba, era probable que me confundieran con un lunático. El interrogatorio tomó alrededor de una hora, en la habitación fría de la ventana blindada.

El oficial me pidió relatar los hechos.

Lo hizo sin añadir mucho énfasis, hasta que llegó a esa pregunta...

– ¿Conoce a alguien que querría hacerle daño a la víctima?

—No, no conozco a nadie —respondí.

Sujeté mis manos con fuerza.

El detective puso una bolsa en la mesa.

— ¿Reconoce estos objetos? —dijo, sacando tres objetos de una bolsa.

Era su cepillo de peinar con algo de sangre, el collar que siempre llevaba, y por último su labial.

Aquel que había usado en esa ardiente mañana.

— Nunca salgo sin uno —fue lo que me dijo alguna vez.

El detective me miró con seriedad.

Contuve el sufrimiento... Y le dije que los reconocía.

Luego remató con una pregunta más.

— ¿Sabe acaso cómo murió?

Le dije que no y me rompí, como un barco que se hunde lentamente en el llanto, y fue en ese momento que le dije que no podía responder nada más. El detective dijo que lamentaba el hecho y con una palmada en la espalda me dijo que el interrogatorio había terminado. Aunque era inocente, me sentía culpable por no haberla salvado, ahí, desangrada, con una expresión de dolor en sus ojos muertos.

Me sentí tan culpable como los demás.

Salí al pasillo, a la vez que Daniel entraba, sin siquiera poder regresarme la vista. Laura y yo nos miramos con arrepentimiento y nos dimos un abrazo intentando dejar salir ese dolor. Ella estaba devastada, y gimiendo en silencio compartió mi dolor y las lágrimas.

Algo era seguro.

Stephanie no iba a volver.

Cuando pasan este tipo de cosas, muchas otras comienzan a perder el sentido, valorar la vida toma más fuerza, comprendes lo importante que es estar vivo, pero el dolor lo empeora todo.

Y la culpa no perdona a los culpables.

Me tardó mucho tiempo, después de eso, encontrar un sentido a la vida y volver a caminar con la frente en alto, una vez más,

Los interrogatorios terminaron en un par de horas.

Y al final, tuvieron que dejarnos libres.

Con el pasar de los días la investigación comenzó a estancarse, varios elementos apuntaban a un accidente que había terminado en un golpe de su cabeza contra un mueble, lo cual rechazaba Grace, aludiendo que Stephanie no podría morir de una forma tan estúpida. La policía sospechó entonces de un asesino, pero no tenían pistas sólidas para identificarlo.

Sin embargo, las cosas no terminaron ahí.

Una noche una inusitada tormenta llegó del océano, la cual destruyó las evidencias y dejó la casa prácticamente destruida. El mar se llevó todas las pistas, y con ello, la única forma de que la muerte de Stephanie tuviera justicia.

La policía tenía las manos atadas.

Y al final, nunca pudieron encontrar al asesino o alguna prueba de su acto.

Varios días después se dio el entierro de Stephanie. Todos estábamos ahí, sobre su tumba, rendidos, callados, inmersos en el lamento y la incertidumbre, vestidos con trajes negros, miradas pálidas y ojos brillantes.

El funeral comenzó temprano.

Miré el cuerpo de Stephanie una última vez.

—Perdóname —dije, con dolor y culpa—. No fui un buen amigo... No pude evitar tu muerte.

Daniel me sujetó del hombro.

Me dolía el corazón.

Laura miró al cadáver con pena.

Grace estaba devastada, llorando con su madre en uno de las bancas de la iglesia por la muerte de su hermana, buscando una respuesta ante la tragedia.

Pero al final, no la encontraría.

Luego de la muerte de Stephanie, Grace nunca volvió a visitarnos ni nosotros a ella.

No la culpaba.

Cada vez que nos veíamos, sentíamos la impotencia y el dolor de aquel condenado día en que perdimos a nuestra amiga, el día en que empezó la pesadilla.

Y yo, ya no sabía qué hacer.

Nuestra amistad, al final, era lo único que quedaba entre nosotros, cada día desde su muerte nos prometimos estar más felices, hacer más cosas juntos, lo que sea con tal de dejar la culpa en el olvido.

Fue un juramento que hicimos afuera de la comisaría, cuando todos comprendimos que era lo mejor para seguir adelante, para que la muerte de Stephanie no fuera en vano.

O tal vez.

Para no olvidarla...

III

Durante algunos días falte a clases por el hecho y hablaba constantemente con Daniel y Laura por teléfono. Ellos también faltaron, por culpa, por miedo, había muchas razones, pero no valía la pena pensar en ello. Mamá estaba muy ocupada con el trabajo y no tenía tiempo para estar conmigo, cuando llegué a casa ella me abrazó fuertemente y me dijo que todo estaría bien, pero entonces recordó que tenía una reunión urgente y se marchó casi de inmediato.

El abismo era profundo.

Nunca me había sentido tan solo en mi vida.

Los días eran demasiado largos, no me gustaba estar en casa, así que decidí salir a refrescarme. Una tarde en particular, cuando salí a caminar para reflexionar en el mar de los recuerdos me la encontré a ella, regresando de alguna parte.

Ángela, la chica de mis pesadillas.

No quería verla para nada.

Pero ella a mi sí.

Pase sin decir nada, no quería saber lo que pasaba.

Y ella. Sin inmutarse me agarró del brazo.

—Julián —dijo.

– ¿Qué haces aquí? –pregunté casi susurrando.

–Me mudé aquí –dijo ella.

–Ya veo –dije, con frialdad y con un movimiento algo brusco respondí–. Bienvenida al vecindario –

Caminé con una mirada dolida, mientras que ella sólo atinó a decirme las palabras menos esperadas, la revelación que lo cambiaría todo.

–Voy a estar en tu misma clase.

Esas simples palabras me paralizaron, no quería verla y sin embargo el destino me la ponía enfrente mío, recordándome quizá que uno no puede huir del pasado...

Porque a veces, el pasado vuelve a ti.

– ¡¿Por qué?! –me dije con cólera y rabia–. Ya era suficiente con la muerte Stephanie, ya era suficiente con la soledad...

No quise decir nada más, regresé la mirada brevemente y seguí caminando.

Mis pensamientos me estaban fulminando.

Y ella, no merecía tanta cólera.

Daniel me llamó esa misma noche y hablamos de cosas variadas, entre ellas el regreso de Ángela, aunque lo que de verdad nos aterraba era el día de mañana, el infame fin de las vacaciones y el cómo íbamos a volver a ver a nuestra clase después de lo que había pasado.

–No sé si pueda –dijo Daniel.

–Tenemos que –dije –. Por Stephanie, no podemos faltar a la escuela para siempre... Y lo sabes –

Silencio.

– ¿Has hablado con Laura? –me preguntó.

–Muy poco, ella no contesta a veces, y si lo hace, siempre pone excusas para colgar.

Guardé silencio.

El tema aún dolía.

–Me preocupa un poco ella –dijo Daniel–. No sé si se sentirá bien después de todo lo que pasó.

Salí de la cama.

–No pensemos en lo peor –dije–. Laura necesita algo de tiempo... Todos lo necesitamos –

Daniel calló unos segundos.

–Si, tal vez sea eso...

Miré a la ventana con duda, no me hubiera gustado que Daniel me viera así.

–Como sea –dijo–. Nos vemos mañana en la entrada, no quiero entrar a la clase y que me vean como un bicho raro... –

–Ni yo –respondí–. Nos vemos mañana.

Cerré la tapa de mi celular y terminé la llamada.

El silencio se hizo presente en mi habitación y la duda comenzó a atormentarme, pero sabía en el interior, que el miedo comenzaba a desparecer lentamente...

En el corazón.

En la mente.

En la infinidad de los recuerdos.

Y la pena, solamente existía si se la mencionaba.

Al día siguiente me sentía intimidado y a la vez no me importaba nada, si iba sufrir prefería que fuera pronto y que terminara de una vez por todas.

Los recuerdos llamaban a mi puerta.

Daniel y yo nos encontramos en la entrada e ingresamos con unas caras largas y espaldas jorobadas, como dos errantes ingresando a la civilización luego de muchos años.

Llegamos a la puerta de nuestra aula.

Y la calma murió al instante.

Antes de reaccionar la mayoría de la clase nos ofreció condolencias y lamentó el hecho, otros nos miraron con odio y desinterés. Laura estaba al final de la clase, sentada en una banca solitaria.

Después de recibir varias condolencias nos encontramos los tres sin mucho ánimo y después de un saludo breve nos sentamos en sillas separadas.

Ese mismo día, llegó una nueva estudiante.

La traidora había vuelto.

Ella se presentó con una sonrisa en la cara y un renovado sentido de la vida, enamorando a media clase con su dulzura y belleza, buscando mi reacción entre las miradas de los estudiantes.

Puse la mano en mi mejilla.

Sólo presté atención a la mitad de lo que dijo.

La ventana atrajo mi mirada y miré las nubes, preguntándome si ella estaría por allá, observándonos en ese preciso momento, sabiendo cuanto sentíamos lo que le había pasado.

Y antes de saberlo.

Ángela se sentó al lado mío.

Sabía que vendría, para mi mala suerte un compañero le había cedido el asiento y ella se lo agradeció con una sonrisa.

–Qué maravilla… –pensé–. Cuando ella se sentó al lado mío.

No quise regresar la mirada, no podía, no quería.

Porque si lo hacía, me volvería a enamorar.

Y yo, ya no quería enamorarme.

Odiaba el amor, y todo lo cercano a ello, sólo perdonaba la amistad, ya que eso había sido lo único verdadero que alguna vez tuve.

Solo eso y nada más.

Terminó la clase y así mis días de colegio. Cada mañana ella me saludaba y yo solo hacia un gesto de saludo, caminando hacia la escuela, separados en un principio, pero acercándonos poco a poco, sintiendo que tal vez ella había cambiado.

Pero no estaba seguro.

Los días pasaron fugazmente, Daniel y yo nos habíamos distanciado, de la noche a la mañana se mostró muy evasivo y decía cosas sin sentido que al final no terminaba de entender.

Algo había pasado, pero no lo sabía.

Quizás ese fue mi primer error.

No sabía que la desgracia volvería a atacar.

De la noche a la mañana.

IV

Viernes, 13 de febrero.

Mañana era San Valentín y no había visto a Daniel desde hacía una semana. El último mensaje que me había enviado decía que la muerte de Stephanie no había sido ningún accidente, y que la verdad saldría a la luz tarde o temprano, terminando con una frase que no podría olvidar.

— *"Todos pagan por sus actos".*

El dolor me hizo perder el interés, por lo que no le preste importancia y le respondí que nada podía hacerse para cambiar su muerte, me preocupaba que hiciera algo indebido, a donde podría ir, pero al final, Daniel decía lo evidente.

La policía ya había dado el veredicto.

Alguien la mató. No era ningún misterio.

Le dije por mensaje que hablaría con él en el festival de la escuela para que me explicara todos los detalles, pero no respondió el mensaje.

No sabía lo que en verdad estaba pasando.

Esa noche me acosté en mi cama, estaba aburrido y no tenía a nadie a quien llamar, entonces encendí mi computadora y comencé a jugar algunos videojuegos para pasar el rato.

Fue entonces cuando me llegó un mensaje.

Este había llegado poco antes de las siete de la noche y el número era desconocido.

Sencillamente.

Quien envió esto podía ser cualquier persona. Lo único que decía el mensaje era una sola palabra, y esa única palabra despertó todas mis alarmas y emanó todos mis miedos en mi contra.

– *"Perdóname"*.

¿Era alguna clase de broma, o una señal de alerta?

Las interpretaciones de ese mensaje eran infinitas. Mi cara estaba pálida.

Si el asesino iba a atacar, debía avisar a alguien.

Mamá llegó por la puerta principal y le dije sobre el mensaje, pero me dijo que estaba cansada y que solo era alguna clase de broma de mal gusto. Aunque no le creí sabía que la policía no me tomaría en cuenta.

Estaba solo.

El corazón me palpitaba con fuerza, sentí náuseas, pensé en faltar mañana pero luego me invadió el pánico si me quedaba en casa.

Fue entonces que decidí llamar a Laura, pero colgaba al contestar, Daniel era mi última opción, pero la única voz que escuché fue la del buzón de voz.

No tenía nadie más a quien llamar.

Me tiré en mi cama aterrado, rendido, harto de tanta soledad en aquel momento de duda, en el que nadie parecía entender lo que estaba pasando.

– ¡Maldición! –Pensé, rascándome la cabeza con rabia.

De repente el teléfono sonó con estrépito.

Ángela me estaba llamando.

–Genial… –susurré.

No tuve más opción que contestar.

– ¿Como conseguiste mi número?

– Tú me lo diste, ¿recuerdas?

– No.

– Pues yo sí, tenemos que hablar.

– ¿Y de que tenemos que hablar? –repuse.

–Del pasado.

–Ah claro, del pasado. Te estás burlando de mí, ¿verdad?

–Que no… –Dijo con algo de debilidad.

Ella se arrepintió.

Sujeté el celular con fuerza.

Y dejé salir la rabia de mi interior.

– ¡Tú sabes lo que pasó!, te fuiste sin decir nada, me abandonaste, abandonaste a tus amigos, ¿y ahora crees que puedes volver como si nada? –

Ella calló por unos segundos.

–No es lo que crees...

–¡No me vengas con esas cosas! –grité.

– ¡Cállate! –dijo con tristeza–. Tú no sabes por lo que he pasado...

Silencio.

Comencé arrepentirme por lo que dije.

–Quizás no lo sepa, quizás sea un idiota por no saberlo... Pero tú nos abandonaste, te fuiste y nunca nos hablaste otra vez.

Cerré el puño con fuerza.

– ¿Es que nunca te importamos…?

Ella comenzó a llorar.

–No. Te equivocas... Yo los quería mucho a todos, Julián, yo…

La interrumpí.

–No, no tienes que decir nada... Al final nosotros nos separamos y cada cual fue por su lado.

Ella no tenía palabras.

–Personalmente no te culpo por ello –repliqué–. Pero al menos pudiste despedirte, terminar con todo por las buenas, pero no, no lo hiciste... Y ahora, mira cómo ha terminado.

Lagrimas cayeron por mis mejillas.

Olvidar es una cosa. Perdonar es otra.

–Julián... –susurró ella, en un mar de lágrimas.

– La verdad no sé si pueda perdonarte... Lo siento.

– ¡Espera! –gritó ella, pero ya era tarde...

Cerré la tapa del celular con fuerza.

No quería escucharla...

Me sentí el ser más despreciable del planeta.

Y en parte, lo era.

A la mañana siguiente me desperté con seriedad y culpa, salí de mi casa y no dije ni una palabra hasta llegar a la escuela.

Sabía que algo malo iba a pasar.

Y aun así...No podía evitarlo.

V

Sin saberlo había llegado a la clase solo. Ni Laura ni Daniel habían llegado, lo cual no era extraño, considerando que ninguno de ellos contestaba mis llamadas.

– ¿Porque no estaban? –pensé–. Es porque no querían estar conmigo, ¿verdad?

No... Quizás me equivocaba.

Tenía que encontrarlos.

El evento empezó a las 10 de la mañana. La escuela era enorme, el patio se llenó de estudiantes mientras el reloj avanzaba y los salones preparaban sus atracciones para San Valentín. Intente buscar a mis amigos, pero no aparecían, el tiempo me pisaba los talones, los temores me susurraban cosas cueles. Debía verla, aunque fuera por un segundo.

Debía advertirle sobre el peligro.

Pero claro, cometí el segundo gran error.

Mi teléfono comenzó a sonar con fuerza.

Era un mensaje de Daniel.

Las palabras eran breves.

—*"Julián, el club de drama...Ayúdame"*.

Intenté llamarlo, pero fue en vano.

No había tiempo, corrí con todas mis fuerzas en la dirección contraria, dejando el encuentro con Laura a un lado, sacrificando ese deseo constante de encontrarla por una emergencia mayor.

Un amigo en problemas.

Corrí con todas mis fuerzas sin parar, sentí un mal augurio en la garganta, concluí que de verdad algo terrible había pasado.

Bajé las escaleras y llegué al teatro.

Los miembros presentes me miraron con duda, les pregunté sobre Daniel, pero ellos no sabían nada, solo que él había pasado con una cara pálida. Ingresé entre bastidores y busqué la entrada, alguna pista de donde había ido.

La ansiedad me carcomía.

Sólo había cajas, cuerdas y algunos adornos.

Aparte de eso, nada. Comenzaba a perder las esperanzas hasta que vi un ropero algo grande y viejo que estaba fuera de lugar, alejado de todo, y entonces decidí abrirlo.

El descubrimiento fue impactante.

Una puerta oculta.

Nadie excepto yo sabía de esta puerta, lo cual me abrumo profundamente y me confundía.

Entre sin pensarlo dos veces.

Sabía que vería algo horrible, pero decidí seguir, sin embargo, al llegar al cuarto secreto me quedé frío.

—No puede ser...—dije.

Daniel estaba tirado sobre el suelo.

Y la sangre brotaba de su cabeza.

Pero eso no era todo.

Una llama naranja comenzaba a expandirse, quemando toda la utilería que tenía a su alcance. Corrí donde estaba mi amigo, examiné el cuerpo, intentando encontrar rastros de vida...Pero fue en vano.

—No, no podía ser... Daniel... ¡¡Daniel!!

La realidad era caótica, la pesadilla era verdad.

¿Era una broma verdad?, ¡Díganme que era una maldita broma!

El fuego creció en la habitación.

Sin saberlo, había llegado tarde, y ahora, el asesino había atacado de nuevo.

—Rayos... —pensé—. Mientras me tiraba en el suelo, conteniendo el dolor una vez más —

Sin saberlo el humo comenzó a afectarme.

Y las cosas se salieron de control.

Quería sacar el cuerpo de Daniel, no quería dejarlo ahí, pero no podía ver nada, el pánico comenzó a apoderarse de mí.

No podía encontrar la salida.

— ¡¡Ayuda!! —grité con todas mis fuerzas, pero nadie me había escuchado.

El calor me atormentaba.

¿Acaso iba a morir?

¿Acaso este era el final?

De repente una manó me agarró del brazo.

Y obtuve una respuesta.

Corrí desenfrenadamente hacia la puerta secreta, ahogándome lentamente con el humo fino, tosiendo desenfrenadamente el poco aliento que me quedaba.

Y entonces, los dos caímos al suelo.

Yo... Y Ángela.

La miré con otra cara.

Me había salvado la vida.

VI

Fui llevado de nuevo a la comisaría para testificar el hecho, el policía y yo nos vimos de nuevo y la situación era deprimente, en tan sólo dos meses había perdido a dos de mis más cercanos amigos.

Todo sin razón aparente.

Es cierto que me había lastimado la confesión de Stephanie, pero no era motivo para matarla.

Nadie merecía eso.

– ¿Y Daniel por qué? –me dije.

¿Por qué sabía demasiado?

Era absurdo.

Solo sabía una cosa con certeza.

Quienquiera que fuera el asesino, sabía bien lo que estaba haciendo.

Y las consecuencias que eso traería.

A medida que las horas pasaban, las preguntas eran cada vez más intensas, eran esos momentos que nadie quisiera vivir, pero yo los viví, y créanme...

Es horrible.

Recordar a cada momento lo que perdí, lo que Laura y yo perdimos... Simplemente, no quería recordarlo.

El oficial juntó sus manos.

–El incendio no fue un accidente.

–Lo sabía… –Dije, cerrando el puño.

–Bastó con encender una cerilla para que esta hiciera ignición con la utilería y que todo comenzara a arder...

Tenía un nudo en la garganta.

Me sentí indignado.

– ¿No saben que lo mató?

–Logramos sacar el cuerpo de Daniel de los escombros, aparentemente tenía un golpe fatal en la cabeza, una contusión fuerte que creemos lo mató, pero no sabemos con certeza lo que pasó en esa habitación ni quien perpetró el asesinato…

Me impacienté.

– ¿No hay huellas dactilares, alguna pista?

El oficial negó con la cabeza.

–Temo que su cuerpo estaba demasiado calcinado y la habitación está colapsada, según el forense la muerte ocurrió media hora antes del incendio.

–Media hora... –repetí–. ¿Y su celular? Daniel me envió un mensaje antes de morir y...

La piel se me puso de gallina.

–No me digan que no lo han encontrado.

El oficial me miró con seriedad.

–No, está desaparecido.

Mis temores se hicieron realidad.

El asesino envió el mensaje.

–Temo que no pudiste hacer nada Julián –dijo.

Junté las manos en mi cara.

–No...Todo esto es mi culpa.

–No es verdad –replicó el oficial–. No sabías que esto iba a pasar...

Di un golpe a la mesa.

– ¡¡Por supuesto que no lo sabía!!, y aun así... Me siento culpable, siento que le he fallado como amigo... Como hermano –

No podía quebrarme otra vez.

Era imperdonable hacerlo.

Miré al oficial con desolación.

– Temo que no sé nada del asesinato... No puedo ayudarlo en su investigación.

El oficial asintió, y me dijo que podía irme.

Al salir, me llene de cólera, tenía miedo de que Laura pudiera ser la siguiente o incluso yo, pero no podía fallarle a ella. De un momento a otro había perdido un poco ese temor.

El asesino se había metido con mis amigos.

No se lo iba a perdonar.

Aunque ese monstruo decidiera atacar, no había vuelta atrás. Si el asesino iba a atacar, yo iba detenerlo.

Y si eso me costaba la vida.

No habría muerto en vano.

VII

Los meses pasaron fugazmente, las investigaciones continuaron sin contratiempos, pero el crimen fue tan misterioso como el caso de Stephanie, por lo que no pudieron llegar a un veredicto en concreto. La familia de Daniel se sintió devastada, y aunque clamaban por justicia la policía no pudo hallar al culpable y fue desentendiéndose del caso conforme llegaban otros nuevos.

Me sentía perdido, el crimen parecía no haber pasado, ni el primero ni el segundo, poco a poco la cólera de los primeros días se fue enfriando hasta convertirse en una tristeza fluvial.

La pena se fue con la corriente.

Finalmente llegó el día de la Graduación y me encontré con Grace, desde hace un tiempo no nos habíamos visto las caras, y yo francamente no sabía que decir.

Sin embargo, hoy no era cualquier día.

Hoy sería el minuto de Silencio.

Tanto para Stephanie como para Daniel.

Ambos nos sentamos en unas sillas.

Y guardamos silencio.

–Entonces... –dije con melancolía–. ¿Cómo estás?

Grace miró al cielo.

—Ha pasado tiempo... Y decidí cambiar.

La miré de reojo.

— ¿A qué te refieres?

—Dejé el alcohol, ¿sabes?, entré a un grupo de ayuda. Supongo que fue demasiado para mí...

Ella bajó la cabeza.

—No vale pena.

—Ya veo...

Sus palabras me conmovieron.

—Yo por otra parte he pasado por mucho, después de esa noche en la playa...

Miré al infinito.

—No ha sido fácil, y ahora... Daniel se ha ido.

Grace puso sus manos sobre las mías.

—Debes ser fuerte... La vida sigue Julián. Para mí, ya no tiene sentido amargarme.

La miré con seriedad.

– ¿Te vas a quedar en la ciudad?

–De hecho, me voy a ir del país.

– ¿De viaje? – Pregunté.

–Quien sabe. A veces un viaje es bueno, ¿no?

Asentí y mantuve esa mirada solitaria.

Sabía que no la volvería a ver.

La Graduación fue indudablemente uno de los momentos más trascendentales de mi vida, los profesores, encargados y autoridades proferían aplausos juntos a los padres de familia mientras el júbilo estallaba sobre la mayoría de los estudiantes.

Pensé que vería a Laura, pero no.

Solo estaba su madre con el diploma en mano.

– ¿Como está ella? –le pregunté.

Su madre miró el diploma.

–Le dije que viniera, pero no quiere volver.

Su madre me dio una tarjeta.

–Ella me dijo que te diera esto.

Otra despedida, lamentablemente.

Sonreí con amargura.

—Le deseo un buen viaje.

Ella sonrió brevemente.

Todo había terminado, quizás era mejor de esa manera, al final habían pasado muchas cosas y era mejor dejarlas ir…

De repente el cielo se tiñó de melancolía.

Aquellos días nunca volverían.

El misterio no se había resuelto, pero al final entendí que, aunque les había fallado a mis amigos debía seguir adelante. Estaba seguro de que él… No, no sólo él, también Stephanie querrían que yo continuase con mi vida.

No volví a ver a Laura, ni escuché de ella, creo que al final solo quería alejarse de todo, del dolor, y la culpa.

Nunca la juzgué por ello, ni pensaba hacerlo.

Al final termine sólo.

Y así comenzó la Universidad.

VIII

El invierno y los días fríos llegaron finalmente, y con eso los años pasaron sin darme cuenta, los recuerdos del pasado quedaron en la nieve y en la ventisca, y el dolor que alguna vez viví parecía un recuerdo inexistente.

Una vida que había olvidado.

Terminé la Universidad tras cuatro largos años y al final terminé trabajando como editor en jefe de una revista famosa. Aquel había sido mi objetivo principal, mi recompensa por un trabajo sobrehumano que me había llevado a los límites de mi propio ingenio.

Ahí, sobre esos recuerdos casi borrosos.

Había nacido un nuevo sueño.

Comencé mi vida en un apartamento, en las alturas de un edifico en el que había soñado estar, rodeado de muebles y cosas que había conseguido con mi propio esfuerzo.

Y claro.

No estaba solo.

Ángela y yo nos habíamos reconciliado, después de la muerte de Daniel me acerqué a ella, decidido, latente, en un lugar especial le dije que quería estar en su vida, que había cometido el error de dejarla atrás.

Y que la había perdonado.

Nuestra relación se había fortalecido con el tiempo, pasamos de ser viejos amigos a grandes amantes, con el tiempo aprendimos mucho del otro, el color volvió lentamente a mi vida, envuelto con un sentimiento de esperanza.

¿Sería feliz?

Empezaba a creerlo.

Por primera vez, sentí que las cosas habían cambiado. Todo el dolor que había empañado mi vida, todo el sufrimiento que me había hecho miserable había desaparecido.

Fue una decisión propia.

Me había perdonado a mí mismo.

El invierno había comenzado de nuevo y el pronóstico decía que comenzaría a nevar el 24 de diciembre, en la víspera de nochebuena. La nieve era mi señal para esbozar una sonrisa, esperar por un año más próspero y desearle lo mejor a mis viejos amigos dondequiera que estuviesen.

Sin embargo, días antes, el 7 de diciembre fue un día diferente.

Fue algo irreal.

Los hechos fueron relativamente normales, Ángela salió al trabajo a las siete de la mañana y yo cerca de las ocho, nos dimos un beso de despedida y no volvimos a vernos hasta la noche. Cerca del mediodía salí del trabajo y decidí almorzar en el apartamento sin

Ángela, puesto que me había enviado un mensaje en el cual decía que llegaría tarde, y que no debía esperarla. Decidí trabajar un poco más hasta que ella viniera, sin embargo, ella no volvió a escribir y perdí la noción del tiempo. Cuando observé el reloj nuevamente el cielo se había oscurecido y la noche me había pisado los talones, era probable que Ángela llegase en cualquier momento.

Tuve un buen presentimiento.

Justo entonces, el timbre sonó a mi puerta.

Allí un chico de uniforme me dejó un paquete.

—Buenas noches, firme aquí.

Accedí.

— ¿De quién es?

—No lo sé, solo hago los envíos.

—Ya veo. Buenas Noches.

Él se despidió y yo cerré la puerta con el pie.

Aquel paquete era algo simplista, una caja de cartón algo tapizada con la dirección de mi casa y un mensaje algo distorsionado que claramente decía:

—*"Ábreme".*

Justo entonces, como parte del misterio abrí la caja esperando alguna clase de broma.

Pero lo que había adentro no era ninguna broma.

No lo era.

Era una mano cercenada, fría y distante, descansando sobre varias tiras de papel blanco.

– ¡¡Dios mío!! –grité aterrado, poniendo la mano en mi boca.

¡¿Quién sería tan enfermo como para hacer esto?!

Fue entonces que vi el mensaje más aterrador que aquella cosa inerte sujetaba, flotando sobre el relleno blanco de papel.

Y fue aquel mensaje el que me dejó helado.

– *"Perdóname"*

No había dudas, aquel mensaje era del asesino.

Y aquella mano…No era cualquier mano.

Conocía esa mano perfectamente.

Pertenecía a la chica que no había vuelto a ver desde hace cuatro años, la única de la cual nunca pude despedirme.

La realidad se hizo presente…

Y entonces, el horror se apoderó de mí.

Aquella era la mano de Laura.

Ente en pánico, no sabía qué hacer, un grito desgarrador se abrió paso entre mi garganta y me desplome al suelo con terror.

Fue entonces que Ángela abrió la puerta.

Ella traía un pastel que había comprado.

– ¡Sorpresa! –gritó con alegría, solo para ver la escena y sentir un frío en el cuerpo que la dejó petrificada.

La vi y comencé a llorar sin consuelo.

– ¿Por qué…? –repliqué–. ¿Porque ahora?

Ángela no tenía respuestas, ella solo me miró con tristeza y me abrazó fuertemente.

¿No era suficiente con matar a mis amigos?

¿Cuantos más tendrían que morir?

¡Que alguien me diga porqué ha vuelto!

No tenía idea… Pero al menos tenía a Ángela a mi lado. Ella me cuidaba y me daba amor, me quitaba todo el dolor y las penas de mi cabeza. Ella era un verdadero Ángel, un sabor dulce en mi amarga realidad. Cada vez que la noche llegaba a su mejor hora Ángela y yo nos poníamos a ver las estrellas.

Aquello siempre me calmaba.

Era como escuchar una orquesta por primera vez, sentir un sabor nuevo que te hace agua la boca, o tocar la piel más suave y dulce de todas.

La suya.

Sin embargo, esa noche vi las estrellas y no sentí nada, nada de nada, ni siquiera cuando ella me abrazó y me dijo que todo estaría bien.

No sentí nada.

Nada en absoluto.

Quería olvidarlo todo, tirarlo la caja por la ventana y así cuando esta llegara al suelo a nadie lo importaría, pero claro, ya no era el mismo de antes, ya no quería huir de mi dolor, sabía lo que tenía que hacer, pero no era sencillo.

Pase la noche en los brazos de Ángela hasta que el amanecer llegó a mi cara.

¿El veredicto?

No pude dormir en lo absoluto.

Alrededor de la siete de la mañana decidí reportar el hecho a la Policía. No había tenido el valor la noche anterior, y no podía decirle a Ángela que hiciera la llamada, ya que ella estaba tan aterrada como yo. La conversación no tomó demasiado, el policía se quedó atónito al escuchar mi denuncia.

– ¿Está seguro? –preguntó.

Miré la caja detenidamente.

–Si oficial. Es la mano de mi amiga.

IX

Ángela y yo fuimos llevados a la comisaría y se dieron lugar los interrogatorios, allí la policía tomó declaración de donde habíamos estado los últimos días, y dado que ninguno de los dos sabía nada las cosas se pusieron cada vez más misteriosas, y más turbias...

El regreso del asesino suponía el terminar algo que no se había resuelto.

Una muerte pendiente.

Desde el infame envío no habíamos recibido nueva información, habíamos ido a la morgue después de la llamada tan solo para confirmar que la mano era, efectivamente, la mano de Laura. No sabía que pensar, si Laura estaba viva o si el asesino ya había hecho su cometido hace varios días atrás, y recién ahora me enviaba la evidencia para burlarse de mí.

En cualquier caso, pagaría por ello.

Después de los interrogatorios compré un revólver corto y lo guardé en el cajón de la sala en caso de que el asesino decidiera venir.

Solo Ángela y yo sabíamos del revólver.

Los siguientes días había vuelto a mi vida común y corriente, la misma que había tenido antes descubrimiento, como si nada nada hubiera pasado en realidad. Mis colegas trataron el tema como algo desafortunado, aunque creía que de alguna forma Laura seguía viva y la encontrarían.

Una dulce mentira. Una que yo creía…

Recordaba en la noche mientras me arrebata a el sueño y la fatiga aquella vez en que fuimos al lago con Ángela y mis viejos amigos.

Sí, eran buenos tiempos.

Recuerdo que ese verano Ángela y yo nos besamos por primera vez. Sé que era algo inocente lo sé, pero tal vez ella quería aquel beso, tal vez lo estaba esperando.

La atracción era mutua.

—Quizá… – dije con un susurro.

Y me fui a dormir.

Mientras tanto, las memorias se almacenaban en lugares específicos y una de ellas evocó de lo profundo. Soñé que saltaba desde un acantilado, y por primera vez experimenté la adrenalina de una forma entretenida, con una sonrisa en la cara.

Luego, silencio. Muerte de los sueños.

Ángela había llegado y me había despertado.

—Ah… Perdona, me quedé dormido.

Ella se acostó al lado mío.

–No te preocupes. Debes estar cansado.

–No, sólo pensaba en el pasado.

Ángela me miró con inocencia.

– ¿En el pasado?

–Si, ¿recuerdas cuando fuimos al lago?

Ella sonrió.

–Claro, recuerdo que saltaste de una soga.

–Si, fue muy divertido… Y también fue nuestro primer beso, ¿recuerdas?

Ella se ruborizo.

–Por supuesto que me acuerdo. Digo, fue nuestro primer beso…

La miré con una sonrisa.

–Si, en ese tiempo no sabíamos nada del amor.

–Si… –suspiró.

Fue entonces nos miramos, acostados en la cama, abrazados el uno al otro como una pareja de verdad…

Luego, en silencio bese sus labios.

Y la miré con un deseo infinito.

—Te amo. Te amo demasiado…

Ella sintió una alegría indescriptible.

— Lo sé, y me hace tan feliz… Que podría ir a las estrellas.

Al decir esto nuestros cuerpos sintieron la calidez del otro, conectándose nuevamente en amplios deseos.

Y así pasamos a temas más eróticos.

Entre tanto, en un almacén abandonado un cuerpo abandonado fue encontrado por un viejo cuidador de la zona, enterrado en una montaña de escombros como una mina antigua. La escena era inquietante, el cuerpo estaba algo descompuesto y no fue hasta dos horas después que el forense notó que le faltaba la mano. La misma mano que estaba a unos metros, en la misma morgue, y que seguía siendo una verdad tétrica.

Al día siguiente me llamaron de la comisaría.

Y me dijeron que habían encontrado el cuerpo.

Al principio sentí muchas cosas, indignación, miedo, repulsión y culpa.

Pero opté por no decir nada.

Principalmente porque no era la primera muerte que había presenciado, fui valiente y decidí ir sin importar lo que yo viera.

En parte, había madurado.

Quería verla, aunque doliera.

Llegué a la comisaría quince después de la llamada junto con Ángela. En la recepción varias personas esperaban respuestas a los delitos más comunes.

Fue entonces el oficial de turno nos llevó por unas escaleras al subsuelo, donde se encontraba la morgue y fue ahí donde nos dimos cuenta de la brutalidad del asesinato. La mano había sido puesta en su lugar y la cara era casi irreconocible. Pude aguantar apenas unos minutos aquella escena hasta que la náusea y el asco me hicieron salir de la sala, mientras Ángela miraba con horror el cuerpo.

Habíamos tenido suficiente, nadie había esperado este tipo de muerte, para cuando la madre de Laura se enteró del destino de su hija…Fue demasiado.

El funeral se llevó a cabo tres días después y fue ahí cuando comencé a llorar, no porque era un cobarde, sino porque tenía que dejar salir el dolor. Uno desearía no perder a una amiga o a un amigo, nadie quiere eso, pero cuando pasa tu única opción es seguir adelante, buscar la felicidad y dejar el dolor en el pasado.

Se lo prometí a Stephanie.

A Daniel.

Y ahora, a Laura.

La señora Pumpkings no apareció en el funeral de su hija, una semana después la policía habría de encontrar su cuerpo inmóvil en la bañera de su casa, producto de una sobredosis de medicamentos y el dolor de no poder ver a su hija nunca más.

Al final la pena había ganado la batalla.

Pero no la guerra.

Estaba claro sobre una cosa, yo aún estaba vivo, por lo que el asesino vendría por mí, era solo cuestión de tiempo, una cuestión de lógica.

Aunque al final yo ya no tenía miedo.

Lo había dicho antes.

Si él asesino se atrevía a atacar.

Pagaría por todo...

Fui a la tumba de Daniel un domingo por la tarde, sentí que debía visitarlo, aunque sea una vez antes del fin del año. Recordé los buenos tiempos como si estuvieran presentes, aunque el viento agitara mi abrigo como una bandera, aunque los malos recuerdos rondaran por mi mente.

—Hora de volver a casa —susurré.

La hora de la visita había terminado.

Volví a hacer el juramento que me había propuesto.

Y me fui.

Caminé lentamente por el camino de ladrillos, mientras la ventisca atravesaba mi abrigo, consolando al último amigo vivo.

Mientras tanto, al otro lado de la ciudad.

Una nueva investigación surgía.

Se trataba de una colaboración más profunda y detallada, un hombre con sombrero y gabardina bajó de su auto sobre la calle helada, invitado por gobiernos extranjeros.

Su verdadero nombre era desconocido.

Su pasado, mucho menos.

El Detective Jensen Malorak estaba en la ciudad.

X

Después de una larga caminata soportando el frío y la ventisca llegué al apartamento a altas horas de la noche, y al ponerme a dormir tuve uno de los sueños más aterradores de mi vida. Recuerdo estar con un arma en medio del océano, me encontraba frente a mis amigos, tirados, inmóviles, y el caso es que yo tampoco puedo moverme.

Entonces todo se pone cada vez lúgubre, cada vez más comienzo a sentir las pulsaciones de angustia y miedo en mis dedos, hasta que al final escucho quitar el seguro de un arma y de pronto el asesino, con una sonrisa maligna aparece detrás de mí, y antes de que pueda reaccionar y jalar el gatillo, susurra la palabra prohibida:

– *"Perdóname"*.

Desperté con un grito de pánico y con el cuerpo lleno de sudor, la pesadilla se repitió durante varias noches de insomnio y me obligó a ir por ayuda profesional.

Necesitaba terminar con el trauma.

Recurrí donde el terapista de un colega para que me ayudara con mi trauma, debo admitir que era un hombre místico.

Una persona que no juzgaba a nadie.

Tenía una barba canosa, piel arrugada, anteojos cuadrados que escondían ojos azules y una cabeza casi lampiña, tenía alrededor de unos setenta años, una bata blanca, chaleco marrón y el hábito de juntar las manos y jugar con sus dedos cuando hablaba con sus pacientes, posiblemente para procesar los traumas que los perseguían desde el pasado.

El poseía una sabiduría que nunca volvería a ver en mi vida, una eminencia en todo el sentido de la palabra.

Desde la primera sesión me miró a los ojos y me dijo:

– ¿A que le tienes miedo?

Fue entonces que le mostré todas las emociones que había sentido desde que el dolor empezó, como una estampida mental sin aviso ni salida.

Así como la pesadilla recurrente.

Sorpresivamente, el estallido fue poca cosa para el doctor.

–Y si te liberará de tu dolor, ¿qué harías?

Lo miré con duda, esa pregunta llegó hasta el fondo de mi ser y no se iría hasta que tuviera una respuesta.

El doctor agregó:

– ¿Buscarías ayuda en alguien más, o entenderías que la ayuda está en ti mismo?

Creo que fue ahí cuando lo entendí, toda mi vida había buscado la felicidad en otras personas, en todo lo externo, pero no en lo interno. Sabía bien lo que significaba, toda mi vida había sido de esa manera, un secreto a voces.

Había pensado siempre en los demás.

Pero, ¿dónde estaba yo?

Mi recuperación comenzó con esa pregunta, y la pesadilla fue desapareciendo con los días, comprendí que el amor empieza con uno mismo, y que el trauma que me había perseguido durante varios años, el mismo que se había transformado en una horrible pesadilla comenzó a derretirse como el hielo.

Comprendí que ya no debía huir.

Era momento de dar la vuelta.

Y enfrentar a mis miedos.

A partir aquel momento el temor había desaparecido por completo, como una piedra que resiste el invierno más helado o el calor más extremo, sentía que nada de eso podría hacerme daño nunca más, porque ya no pensaba de la misma manera.

El doctor me había liberado de mis miedos.

Sin embargo, no sabía que se avecinaba algo inevitable, un hecho que me hubiera llevado a un abismo del cual nunca podría haber salido sin su ayuda.

Por eso y por otras cosas.

Estaba infinitamente agradecido con él.

Mientras tanto en la comisaría Malorak comenzó con su investigación. Al principio no tuvo idea de dónde empezar, el caso, hablando desde una perspectiva profesional, era un desafío mucho más ambicioso que cualquier otro.

Comenzó con los hechos del 2003 en la playa solitaria y se percató de un detalle curioso que las autoridades no habían visto o que no comprendieron cuando se realizó la investigación.

La muerte no se trató de un accidente.

Fue algo más humano, un acto pasional entre amigos, varias fotografías tomadas antes de la tormenta explicaban una historia reveladora, el detective siguió buscando entre los archivos y encontró más pistas que apoyaban su hipótesis. El jabón en el suelo, la sangre en el velador, el ángulo de caída, todas estas pistas sugerían que el asesino mató a la primera víctima por un arrebato de ira, el cual había perpetrado una acción irreversible.

La había empujado hacia su muerte.

Sin embargo, esto era falso.

Malorak observó manchas de sangre en el corredor, plasmado en una de las fotografías, indicando que el cuerpo de Stephanie probablemente fue trasladado a la habitación desde otro lugar.

El verdadero lugar del asesinato.

Uno de los agentes le proporcionó una foto de la casa, tomada apenas unos meses antes del crimen. Todo parecía igual a simple vista, uno podía pensar que nada había desaparecido de la casa, sin embargo, había un elemento que faltaba, algo tan común que nadie podía haber imaginado, y que podría ser la respuesta a su muerte.

La alfombra roja del corredor.

De repente la realidad del caso se convirtió en algo más siniestro, las piezas perdidas del rompecabezas comenzaban a aparecer, y era solo cuestión de tiempo para que la imagen final revelara todas las respuestas.

Malorak lo tenía claro.

Tenía que ir a la escena del crimen.

La patrulla salió de la comisaría en una estrepitosa lluvia de madrugada, el viaje estuvo lleno de preguntas sin responder y de gotas interminables que acribillaban el vehículo policial, mientras que este aceleraba cada vez más hasta que la lluvia dejó de ser un inconveniente, y el día comenzó a iluminarse una vez más. Malorak llegó a la casa, la cual se había reducido a escombros debido a la tormenta y el tiempo. El detective Malorak encontró vestigios de las marcas de sangre, aunque estas eran casi irreconocibles, también pudo divisar las marcas de alfombra que delineaban el pasillo con sutileza.

Como sospechaba.

Alguien se había llevado la alfombra.

El detective caminó por la costa en busca de algún indicio, alguna pista que lo dirigiera hacia la dichosa alfombra, hasta donde sabía la tormenta podía haberla llevado hasta los confines del océano.

O quizá, más cerca de lo que uno pensaría.

La casa de color azul marino apareció en una colina no muy distante a la playa, la madera estaba un poco decolorada, había redes de pesca decorando las entradas y salidas, las ventanas deterioradas y los cristales viejos susurraban que su dueño debía ser alguien veterano, y las numerosas redes señalaban que era un pescador local un marinero retirado.

Malorak tocó la puerta principal.

Un hombre alto y robusto salió al instante.

—Si, ¿en qué puedo ayudarlo?

El oficial le enseñó su placa.

—Detective Malorak, ¿podría hacerle algunas preguntas?

El interrogatorio se desarrolló dentro de la casa donde el detective y el pescador continuaron la conversación.

El hombre robusto se sentó en su sillón de cuero marrón, ya utilizado durante muchos años, observando las fotografías enmarcadas que relataban su vida, tanto en el mar como en la tierra. Malorak le comentó con detenimiento del asesinato y de la tormenta que se había llevado todo lo que estuviese a su paso.

El marinero miró a la puerta.

Y recordó el hecho como si hubiera sido ayer.

—Aquella fue una noche terrible —comentó.

Malorak comenzó a anotar su relato.

–Me encontraba pescando aquella noche de tormenta, el mar era traicionero y las olas casi hundieron mi barco… Fue un milagro que saliera ahí vivo, aunque siempre digo eso de cada tormenta que pasa encima de mí…

El marinero rio gustoso.

Malorak notó algo crucial.

–Veo que usted colecciona muchas cosas…

– La verdad se trata de un viejo hábito que tengo. El mar es una mina de tesoros y misterios… Después de pasar la mitad de mi vida en altamar, tiendes a apreciar las cosas que vengan desde tierra firme.

– ¿Usted recogió algo el día de la tormenta?

El pescador rascó su cabeza, escarbando en su memoria de pez.

–La verdad, mi memoria falla a veces, pero tal vez recogí varias cosas esa noche.

El marinero señaló la puerta trasera.

–Si usted prefiere puede revisar el cobertizo de atrás, a lo mejor allí puede encontrar alguna pista.

Malorak le agradeció y caminaron hacia la parte trasera de la casa, donde el pescador abrió las puertas del viejo cobertizo.

–Tómese su tiempo, el mar no se va a ir y tal vez vaya a navegar más tarde o mañana temprano. Hay pasiones que nunca se van…

Malorak asintió y se puso manos a la obra.

El detective analizó las estanterías en busca de la dichosa alfombra, había muchos objetos, desde la chatarra más inútil, hasta auténticas rarezas, piezas de barcos hundidos a través de los años, reliquias antiguas que valdrían miles de dólares en un museo y quien sabe cuántas cosas más.

Al final, solo estaba aquí para encontrar una cosa.

Y la encontró.

La alfombra estaba escondida debajo de una vieja red de pesca, junto a varias cajas, algunas cañas de pescar y un mueble deteriorado que había rescatado desde las profundidades. Malorak abrió la alfombra y lo observó, la mancha roja resaltaba con culpa sobre la tela.

Era un milagro que hubiera sobrevivido todo este tiempo.

—Te encontré… —dijo

El detective había encontrado una pista.

XI

Los flashes de las cámaras resonaron en la cabeza del detective. El hombre de gabardina buscaba respuestas y el tiempo le pisaba los talones por lo que decidió analizar la segunda muerte, la segunda tragedia.

El asesinato de Daniel Wells.

Malorak sabía exactamente dónde buscar, todo empezaba donde terminó, en la secundaria donde Daniel había enfrentado su destino, donde los secretos escondían una parte de la historia que no había sido revelada y que podrían explicar hechos futuros, culpas olvidadas y agresiones mortales. El detective llegó al viejo teatro que había sido evacuado después del incendio, la habitación secreta de la muerte era un lugar inaccesible, dado que el techo había colapsado por el calor.

Malorak buscó pistas, indicios que le ayudarán a comprender los hechos de ese día, fue entonces cuando divisó a uno de los conserjes limpiando el suelo de las butacas, preparándolo para algún evento próximo.

El detective intuyó que aquel conserje llevaba años trabajando aquí y lo detuvo con el fin de hacerle unas preguntas.

Malorak se acercó a él y extrajo una fotografía de su abrigo.

La imagen de Daniel se hizo presente.

– ¿Recuerda usted a este chico? –Preguntó.

El conserje asintió de inmediato.

–Ah sí... El chico del incendio.

– ¿Usted lo conocía? –Replicó.

–Bueno si... Y no, como conserje uno tiene la idea general de todos los estudiantes, después de todo, nuestro trabajo es limpiar su desorden y mantenerlo todo como nuevo... Sin embargo, yo recuerdo esa cara muy bien, él era un chico muy tranquilo, pero comenzó a ser muy agresivo.

–¿Agresivo?, ¿por qué?

El conserje sujetó su escoba.

–Tal vez era por esa chica, eh...No recuerdo su nombre, pero siempre estaba con él, solían reunirse aquí en el teatro para hacer tareas al atardecer.

–Malorak sintió una corazonada y extrajo la fotografía de Laura.

El conserje expresó sorpresa.

–Si, esa esa es la chica, estoy seguro.

– ¿Usted los vio reunirse?

–Así es. Los dos se reunían en el teatro, aunque ahora que lo menciona recuerdo que los vi muy enojados el uno con el otro, solían discutir bastante... No me gusta espiar en las conversaciones ajenas, pero creo que estaban hablando algo sobre un engaño.

El conserje me miró extrañado.

– ¿Tiene algún sentido para usted?

Malorak guardó las fotos.

–Sí, sí que lo tiene.

–Me alegro... Intenté decirles a los oficiales, pero ellos no me tomaron en serio, parece que si uno no es la víctima entonces tu argumento no sirve para nada.

Malorak negó la cabeza con decepción.

El sistema policiaco tenía fallas.

Fallas catastróficas...

Malorak decidió hablar con la madre de Daniel, a lo mejor ella podía saber algo sobre la muerte de su hijo, con suerte ella podría darle alguna pista sobre él.

Una pieza más del rompecabezas...

Jensen Malorak tocó la puerta de la casa inglesa, a lo que la madre salió con una cara sorprendida y un periódico en su mano, posiblemente buscando una noticia que le alegraría su día.

Así como Daniel.

A ella también le gustaba leer de todo.

– ¿Le ofrezco un poco de té o desea algo de café?

–Un poco de café está bien, gracias.

La señora Wells trajo la taza humeante a la sala.

–Entonces, usted ha venido aquí para hacer preguntas sobre mi hijo… Pues déjeme decirle que yo también he preguntado muchas cosas a la policía y nadie me ha dado una respuesta.

La Señora Wells miró al detective con indignación.

Jensen tomó un sorbo breve.

–Entiendo que esté enojada Señora Wells, pero si usted puede responder mis preguntas tal vez pueda resolver este misterio, quizá haya justicia para Daniel…

La madre miró su taza, cerró los ojos y dejó salir un suspiro dejando salir la rabia.

–Muy bien… Continúe.

–Quisiera saber la relación que tenía con esta chica, Laura Pumpkings. Tengo entendido que ellos eran amigos, ¿verdad?

Ella titubeó.

– La verdad solían serlo…

Malorak la miró con seriedad.

– ¿A qué se refiere?

–Daniel siempre fue un chico muy sociable, Julián y Laura eran sus mejores amigos, aunque comenzó a cambiar de la noche a la mañana... Intenté preguntarle lo que estaba pasando, pero no me decía nada, era como si algo lo atormentara y yo... No podía ayudarlo. Su propia madre...

Malorak la miró de reojo.

– ¿Y qué fue lo que pasó?

La señora Wells miró a su taza.

– El viernes, antes del festival Daniel llegó muy enojado, no me dijo ni una palabra y se encerró en su cuarto, intenté llevarle algo de comer, pero me dijo que no tenía hambre y que lo dejara en paz. Le pregunté si se había peleado con Julián o con Laura, pero cuando dije ese nombre él salió y me dijo que no quería nada saber de ella nunca más. Daniel salió a la puerta principal y se fue con una carta en la mano...

– ¿Le dijo adónde iba?

Se lo pregunté varias veces, pero no quiso decirme... Le pregunté si iba a ir donde Julián, pero me dijo que no.

–*Voy a ir donde una amiga* –dijo–. Y se fue...

Malorak comprendió que algo raro había pasado.

– ¿Y después?, ¿volvió el mismo día...?

La señora Wells puso la mano en su frente.

–Daniel volvió en la noche, pero parecía más calmado... Como si todos sus problemas se hubieran solucionado. Yo supuse que había hecho las paces con Laura, tenía esperanzas de que eso hubiera pasado... Ellos eran tan buenos amigos, pero entonces todo cambió y terminó de esta manera.

Malorak dejó la taza en la mesa y se levantó.

–Creo que tengo lo que necesito, le agradezco que tuviera el tiempo para hablar conmigo.

La señora Wells se veía consternada.

–No hay problema... ¿Y detective?

– ¿Sí?

–Encuentre la verdad. Si mi pequeño hizo algo terrible quiero saberlo. Necesito saberlo, por favor, ayúdeme a comprenderlo.

Malorak se pudo su abrigo y salió por la puerta.

– Lo haré...Se lo prometo.

Aunque no lo pareciera Malorak había comenzado a atar cabos y se percató de que el caso se trataba de algo más profundo, y que la verdad podría descansar sobre un trozo de papel.

El detective sabía bien lo que era.

Una carta de despedida.

XII

El Avión aterrizó sobre la pista, allá, en la ciudad al otro lado del océano. El detective debía hablar con la última persona que habría sospechado, la única que habría estado implicada con el asesinato y la cual no profirió ni una sola palabra desde su mudanza, hace cuatro largos años.

La hermana mayor de Stephanie.

Grace.

Bastó con ir a la policía local para dar con su dirección: un apartamento en el tercer piso, ubicado en una calle llena de árboles, autos estacionados y bicicletas en lugares estratégicos, un lugar idóneo para vivir en paz, un buen sitio para ocultar la culpa.

Y con ello todo rastro del pasado.

El detective estacionó el vehículo cerca de la entrada de la calle.

Normalmente habría ido a la puerta, pero sintió que la hermana era la pieza central del rompecabezas.

Y que debía ser más cauto de lo normal.

Malorak encontró a una sonriente Grace volviendo en bicicleta de alguna parte, estacionándola frente a la puerta e ingresando con su cartera en mano. Llevaba un vestido lima, aretes dorados y una buena vibra que habría despistado cualquier atisbo de duda.

Un error fatal.

Grace subió las escaleras hasta la puerta del tercer piso buscando su llavero en la cartera, cuando de repente este salió despedido al suelo y se deslizó hasta la esquina del pasillo.

– Genial... –suspiró.

Fue entonces cuando un desconocido recogió el llavero del suelo.

Llevaba una casaca azul oscura, pelo ennegrecido muy bien peinado, arrugas propias de los cuarenta años en adelante y una barbilla lampiña.

–Me parece que esto es suyo.

–Ah...Disculpe, es que soy un poco impaciente...

La chica se acercó a Malorak, a lo que este la paró con la mano y la miró son seriedad.

– ¿Grace Becker?

La Chica lo miró extrañada.

– Si...Esa soy yo.

El hombre sacó la placa de su abrigo.

–Soy el detective Jensen Malorak, estoy aquí por el asesinato de Daniel Wells...

Grace se sintió petrificada.

Instintivamente corrió en la dirección contraria, solo para que Malorak la detuviera en seco con un solo alegato.

– Si intenta huir ahora, toda la policía de la ciudad estará sobre usted... Pensaran que en verdad lo mató.

Ella se dio la vuelta con una mirada culposa y ojos llenos de lágrimas. Malorak le tiró las llaves directo a sus manos.

Y la miró fijamente.

–Entremos al apartamento, esto no tiene que ser ningún escándalo…

La siguiente escena transcurre en el apartamento de ladrillos anaranjados, librerías colgantes, un sofá negro y cortinas sedosas de color gris, acompañados de luces estratégicas que ofrecían una maravillosa iluminación en todas partes.

Un lugar muy pulcro y ordenado.

Como su huésped.

–Lo sé todo –Dijo Malorak, sin aires de grandeza y con una mirada penetrante–. Sé que tú te reuniste con Daniel la tarde antes del festival escolar.

Grace miró el suelo con culpa.

–Se supone que nadie tenía que saberlo...

–Es hora de decir la verdad, Grace, Daniel vino esa tarde… Y no fue para una simple visita

– Le juro que yo no tuve nada que ver, ¡tiene que creerme!

Malorak la miró a los ojos.

–Señorita Becker, he estado en este trabajo durante 17 años, y puedo reconocer cuando alguien está ocultando algo... Temo que usted no puede engañarme.

La Chica lo miró desconsolado.

–Si usted quiere limpiar su conciencia de una vez por todas deberá contarme la verdad, y no deberá omitir ningún detalle, ¿lo ha entendido?

Grace asentó con los ojos cerrados.

Y limpió las lágrimas con sus manos.

– Daniel vino ese día, pero le juro que yo no lo sabía nada. Llegó diciendo que debía hablar conmigo desde hace tiempo, pero me dijo que tenía miedo. No entendía de que me estaba hablando, pero entonces vi sus ojos y comprendí que era sobre Stephanie.

Grace comenzó a hablar con llanto.

–Me dijo que él había participado en el asesinato...

Malorak sintió un vacío en su corazón, pudo ver en su cara el mismo dolor que ella había sentido en ese momento, como una daga afilada en el corazón.

Daniel le había dicho la verdad.

—Continúe, por favor.

—Estaba devastada, ¿mi hermana?, ¿asesinada por unas estúpidas palabras? No podía creerlo, estaba tan enojada que no recuerdo cuantas veces lo maldije... Daniel escuchó cada insulto como si fuera su castigo, como si mereciera morir de la forma más atroz posible...

—Y entonces te dio la carta.

Grace cerró el puño.

—Por años intenté destruirla, borrarla, quemarla, quería desintegrar cada maldita palabra de lo que decía ahí, era horrible ver cada palabra una y otra vez, describiendo lo que había pasado esa noche. El sufrimiento era insoportable. Estaba harto de todo... Y de mí misma.

— ¿Y por qué no entregar la carta a la policía?, ¿por qué alargar el sufrimiento?

La chica sonrió con desilusión.

Y miró al suelo.

—Eso es porqué pensé que Daniel la mataría...

Malorak cerró los ojos.

—Ahora empiezas a decir la verdad.

—Pensaba que si ella pagaba por lo que había hecho mi vida se arreglaría mágicamente, pensaba que todos mis problemas se irían... Pero no fue así.

—Y por eso le dijiste a Daniel que la asesinara...

Grace miró al infinito con ira.

—Estaba enojada, odiaba a Laura por lo que hizo, por arrebatármela. No tenía el derecho de quitármela, así que se lo pedí a Daniel. Él quería perdón. Y yo quería justicia...

Malorak cruzó los brazos.

—Pero al final Laura lo mató, ¿no es así?

El desconcierto se posó sobre sus labios.

—Esa maldita perra quiso llevarse el secreto a la tumba, después de que encontraron el cuerpo de Daniel estaba en pánico, quería irme lejos, pretender que no le había dicho esas palabras, que nunca recibí aquella carta y que no tuve nada que ver con su muerte, pero aquí estamos, cuatro años después y la culpa sigue conmigo, acechándome cada vez que miro hacia atrás, intentando olvidarlo...

Grace tenía la cara llena de lágrimas y ojos hinchados.

—Ya veo —Replicó el detective.

—Debí haber confesado hace mucho, debí afrontar mis responsabilidades, ¿pero que se supone que hiciera?, ¿confesar así nada más? Tenía miedo, y lo sigo teniendo... Pero ahora solo quiero que esa culpa se vaya de mi cabeza.

Grace sacó la carta de un cajón cerrado con llave.

El sobre tenía la firma de Daniel en ella.

–Quiero dejar de correr.

Malorak recibió el sobre en sus manos y la miró con seriedad, y tal vez, con un poco de solemnidad.

–No será mucho, lo prometo.

La chica cerró los ojos y miró a la ventana.

–Solo quiero irme a casa... Solo quiero estar tranquila y dejar de sufrir. Quiero que todo esto termine de una vez por todas.

El detective sostuvo su mano y ambos salieron en paz del apartamento.

Malorak la miró con una sonrisa.

– Ven, te compraré algo caliente antes de dar declaraciones... ¿Te gusta el chocolate?

XIII

¡Bang!, ¡Bang!, ¡Bang!

Los tres tiros del revólver impactaron sobre el blanco.

El encargado de la galería de tiro profirió un silbido.

—Tienes talento, nadie había sido tan certero en los cinco años que llevo aquí. ¿En serio me estás diciendo que eres una novata?

La belleza rio brevemente y se quitó los audífonos.

—Agradezco sus cumplidos, pero esta es mi primera vez aquí... La verdad lo hago por mi novio, él es alguien muy especial para mí. Es un mundo peligroso allí fuera, imagine que algún ladrón entra a su casa e intenta lastimar a tus seres queridos. Una mujer tiene que saber defenderse, ¿no es así?

El hombre asentó con los ojos cerrados y con los brazos cruzados.

—Tiene toda la razón —argumentó—. Mi pequeña lo es todo para mí. Si alguien decidiera hacerlo daño... La protegería sin importar que.

La mujer sonrió.

— ¡Exacto! es por eso estoy aquí, estoy segura de que él estará orgulloso de mi…

Ella sujetó el revólver y quitó el seguro.

– Al final, lo hago por amor...

El destello blanco del disparo reveló un rayo que caía del cielo nublado. La llegada del detective a la ciudad fue un hecho anticipado por las autoridades, Malorak salió de la terminal con su gabardina azul oscura y su traje de corbata negra, ingresando a la patrulla con una cara seria, dirigiéndose al último lugar que necesitaba visitar.

El departamento de Laura Pumpkings.

Malorak llegó a la escena, la cual se encontraba cerrada al público, y los inquilinos ya habían sido interrogados. Sin embargo, nadie supo nada de la desaparición debido a que Laura era una persona muy callada y reservada. Jensen revisó la suite y comprobó que todo había sido abandonado, como si súbitamente se la hubiera tragado a la tierra.

Nadie se había percatado de su desaparición.

Porque nunca volvió.

–Algo no cuadra –manifestó el detective.

El oficial a cargo le dijo que habían revisado el lugar por completo. Malorak observó algo extraño.

– ¿No hay fotografías? –preguntó.

El oficial también se dio cuenta.

–No. Ahora que lo menciona no hemos encontrado ni una sola fotografía, ¿no cree que fue el asesino?

Malorak cerró los ojos y cruzó los brazos.

–De la forma en que yo lo veo hay dos posibilidades: una es que el asesino se hubiera llevado todas las fotos, pero no hay evidencia de que haya venido aquí...

– ¿Y la otra? –preguntó el detective lo miró de reojo.

– La otra opción es que ella escondió las fotos en algún lugar que no conocemos. Una habitación secreta.

Los policías presentes comenzaron una nueva búsqueda por todo el apartamento: la sala, el fregadero, la cocina. La pista debía estar en alguna parte, y esa única pista cambiaría el curso de la investigación para siempre. Malorak investigó lavandería, el baño y las habitaciones adyacentes.

Las paredes resonaban en silencio, indicando que, en alguna parte, en algún lugar se encontraba el secreto mejor guardado, la pieza más reveladora de todas.

Y entonces la encontraron.

– ¡Detective! –gritó uno de los policías.

Malorak y el oficial a cargo acudieron a la habitación, uno de los policías notó que la pared detrás del armario tenía marcas de uñas, indicando que está en realidad era una puerta corrediza.

–Ábranla –replicó Malorak sin titubear.

El oficial movió la pared falsa, y la pequeña habitación roja emergió como la escena de un sueño paranoico, dejando a todos los presentes con desconcierto.

Y con la boca abierta.

Había quizá cien fotografías colgadas en la pared, todas ellas eran fotos de Julián Verdesoto, tomadas desde varios ángulos, así como fotografías en donde ella posaba con su figura a un lado, sin siquiera haberle dicho una palabra. Las fotos habían sido tomadas en los últimos años y en distintas épocas, debajo de las fotos se encontraba un mueble donde descansaba la infame cámara que había tomado todas las fotografías... Y un diario donde Laura había anotado todas sus visitas y había escrito todas sus experiencias, sentimientos y emociones.

Fue entonces cuando Malorak leyó el diario que se encontraba allí y comprendió de inmediato todo lo que Laura había sufrido los últimos cuatro años.

El precio de un vil chantaje.

Malorak pensó que era algo desesperado.

Pero también comprendió que era algo triste.

– Señor... –Dijo el policía que había abierto la puerta, señalando un cajón que se encontraba al lado derecho del escritorio. Malorak pensó en muchas cosas que podrían estar ahí...Pero sabía en el fondo lo que encontraría allí.

La verdad.

El teléfono verde apareció como por arte de magia desde las entrañas del cajón, Malorak sabía bien de quien era el aparato perdido.

Daniel Wells.

Fue entonces que decidió acudir al trabajo de Laura, el último lugar donde la habían visto y donde había estado justo antes de desaparecer. Una de las compañeras de trabajo mencionó que Laura había salido en la tarde, alegando que tenía una emergencia que atender...

Malorak tuvo una mala espina.

– ¿Miraba mucho a su teléfono?

Sus ojos se iluminaron.

De hecho, si, pensé que se había conseguido un novio o algo así, pero no le dije nada, no quería interrumpirla...Nunca imaginé que terminaría así...

El detective dejó salir un suspiro.

Como temía.

Alguien la estaba chantajeando.

Malorak agradeció la información, y salió a la calle.

Seguir el camino de Laura se volvió algo frágil, dado que nadie conocido la había visto en la calle y ella no resaltaba demasiado. Malorak caminó como un errante preguntando en cada lugar si la habían visto.

Nadie desaparece de la nada.

Ni siquiera Laura Pumpkings.

Fue entonces que se adentró en un callejón algo estrecho en donde se encontraba un restaurante bastante colorido. El dueño se encontraba afuera, parado, esperando a clientes potenciales con los brazos en la espalda.

Malorak hizo su jugada.

–Detective Malorak. Quisiera saber si usted ha visto a esta persona cruzando por aquí.

Jensen sacó la foto de Laura.

El dueño dudo por un segundo hasta que un recuerdo exacto despertó su memoria.

–Ahora que lo menciona me parece que la vi hace unas dos semanas, ella era una comensal recurrente, recuerdo que nunca tenía cambio exacto y siempre olvidaba traer monedas para pagar su almuerzo…

– ¿Entonces la recuerda? – Preguntó.

–Si… ¿Qué pasó con ella?

–Quisiera saber cuándo fue la última vez que lo vio, ¿venía con alguien?

El hombre comenzó a dudar.

A lo que la chica de la caja registradora comenzó a reír enérgicamente.

–No la recuerdas, ¿verdad?, ella vino a almorzar con una mujer hermosa, debió verlo oficial, él estaba babeando por ella, y ella no le hacía caso, ¡incluso le dio un postre gratis como regalo!

El dueño sonrió con la mano en la nuca.

—Bueno, es que soy un poco olvidadizo a veces, si tiene dudas mejor pregúntele a ella, tiene mejor memoria…

Jensen Malorak se dirigió a la cajera.

— ¿Recuerdas cuando vinieron a comer?

La chica miró el calendario.

—Creo que fue el 5 de diciembre, siempre servimos platos a la carta ese día…

Malorak sabía que ese mismo día Laura había desaparecido.

— ¿Notó algo raro en ellas?

La chica pensó un momento.

Pero aquel día había ido con normalidad.

— ¿Raro?, bueno, cuando vivieron no vi nada raro en ellas, entraron por la puerta, se sentaron como cualquier cliente, comieron en la mesa y luego se fueron… Aunque ahora que lo menciona… Me acuerdo que la mujer de cabello negro comenzó a sentirse algo mareada.

— ¡Esa era Laura! —pensó el detective.

— ¿Y no le pareció raro? —dijo Malorak.

—Su amiga dijo que estaba cansada y que a lo mejor necesitaba ir a casa, yo solo hago las cuentas por lo que no dije nada más. Ella estaba cabizbaja y la llevó su amiga por aquel callejón.

– ¿Su amiga? –preguntó el detective.

—Si, si, era muy atractiva, yo supuse que era su amiga o alguna compañera de trabajo...

Malorak hizo su movimiento.

– ¿Viste su cara?

La chica negó con la cabeza.

—No, pero recuerdo que su cabello era divino, como el de un ángel... A pesar de que no fuera rubio, sino castaño oscuro.

El detective se quedó frío.

– ¿Castaño Oscuro?

—Así es, nunca vi un cabello tan sedoso en mi vida. Ah, como desearía tener un cabello como el de ella…

Malorak sacó con un temblor en la mano la imagen que no había usado hasta ahora, la silueta sensual que cualquiera hubiera reconocido sin siquiera saber su nombre o su profesión.

—No es acaso, ¿esta persona...?

La chica profirió una sonrisa.

– ¡Esa es! ¡Esa es la mujer!

El detective Malorak se quedó sin palabras, sintió una picazón en las manos que solo podía interpretar de una forma.

Peligro.

De repente salió del restaurante y comenzó a unir las piezas del rompecabezas mientras se dirigía a destinos confidenciales, tan solo para constatar una verdad tétrica.

Una verdad que el mismo temía, y que era la pieza final del rompecabezas.

Nochebuena estaba a la vuelta de la esquina.

Todo terminaría esa noche.

XIV

Las sesiones habían llegado a su final, después de numerosas confesiones y ejercicios pude aprender a perdonar mis errores, erradicar pensamientos negativos y seguir adelante con una sonrisa en la cara y un renovado sentido de la vida.

Había renacido de las cenizas.

Y ahora, era momento de festejar.

Quería estar con ella en nochebuena, cenar en el restaurante más caro de la ciudad, abrir nuestros regalos debajo del árbol que habíamos armado en la sala de nuestro departamento, y quizá hacer el amor tan apasionadamente que Ángela tuviera a nuestro primer hijo.

Nuestro milagro de navidad.

Salí del trabajo cerca de las seis y Ángela salía a las siete.

Teníamos una reservación un restaurante lujoso a las afueras de la ciudad en una colina con una vista espectacular de la ciudad y la noche despejada.

Reí inocentemente.

Sentí que era la persona más feliz del mundo.

Cuando llegué al apartamento tuve un extraño sentimiento, pensé que Ángela estaría ahí, aunque me había dicho que llegaría más tarde.

Pero no estaba equivocado.

Alguien me estaba esperando.

Encendí la luz y encontré a un hombre con sombrero, gabardina azul oscura y una pistola brillante escondida sutilmente en su abrigo. Por un momento pensé que era el asesino y creí que era mi fin.

La realidad me había paralizado como un rayo.

Pero entonces el hombre habló.

–Siéntate por favor.

Trague saliva, los pasos eran contados.

Con algo de inseguridad me senté en la silla.

– ¿Quién es usted, y como entró a mi casa?

El hombre misterioso se quitó el sombrero, junto las manos y de la oscuridad latente apareció su cara.

–Soy el detective Jensen Malorak, y he venido a decir la verdad.

Cerré el puño en señal de fuerza.

– ¿La verdad...? –pregunté.

– ¿Y si te digiera que el amor mata?

–No sé de qué habla...– Respondí.

–Hablo de que Stephanie murió por amor, un amor enfermizo...

– ¡¿Qué?!

–La evidencia no miente.

Malorak me miró con seriedad.

–Fue Laura. Ella la mató.

En ese momento me quedé pasmado, sentí que la realidad me estrangulaba y que no me permitía decir una sola palabra.

–No, no puede ser verdad...

Malorak tiró fotos sobre la mesa.

–Se trató de un crimen pasional, cuando ustedes fueron a dormir, Laura la golpeó con una rama gruesa y la mató en ese instante, luego llevó el cuerpo a la casa usando la alfombra roja del corredor.

Malorak prosiguió.

–Encontramos aquella alfombra en la casa de un pescador que la había recogido el día de la tormenta. Puedes ver la mancha aquí...

– ¿Así que lo del jabón fue una farsa?

–Precisamente, el asesino dejó pistas falsas que indicaban un accidente para despistar a la policía.

Malorak me miró con seriedad.

–El caso es que ella no estaba sola...

Un mal augurio nació en mí.

–Daniel la encontró llevando el cuerpo cuando salió al baño, Laura le imploró que lo ayudara, estaba aterrada y en pánico. De alguna forma lo convenció. Fue él quien la ayudó a llevar el cuerpo a la habitación y lanzó con fuerza la alfombra y el arma homicida tan lejos como pudo.

La negación se hizo presente.

–Es imposible, ¡¿cómo puede saber todo esto?!

El Detective Malorak sacó la carta.

–Porque el mismo lo confesó desde la tumba...

Estaba horrorizado, mis manos comenzaron a temblar con pavor y nerviosismo.

–Como puedes ver, los secretos detrás de este caso eran mucho peores de lo que tú y yo habríamos podido imaginar...

– ¿Qué quiere decir?

Malorak juntó sus manos.

Era hora de nuevas revelaciones.

–Daniel sabía sobre el asesinato, pero no tuvo las agallas de decírselo a la policía, después del funeral ellos dos comenzaron a reunirse en el teatro, discutiendo y gritándose mutuamente sobre su muerte. No los culpo, después de todo, ambos eran cómplices de un mismo crimen...

–Tiene que ser un error. ¡¿Por qué haría algo así?!

–Por miedo, por culpa, nadie piensa con claridad cuando comete este tipo de actos.

Comencé a gritar en agonía dentro de mi cabeza, la sola idea de que mis amigos hicieran eso me estaba matando en mi interior.

–No puede ser... No es...

–Oh, pero la cosa no termina ahí – replicó.

Lo miré asustado.

–Daniel no pudo soportar la culpa y se reunió con Grace un día antes del festival escolar.

Estaba confundido.

– ¿Se reunió con Grace...?

–Irónico, ¿no crees?, el cómplice del asesinato que mató a Stephanie buscaba perdón y redención en su propia hermana...

No podía creer lo que estaba pasando.

Malorak prosiguió.

–Allí Daniel le contó todo a Grace y buscó su perdón, sin embargo, ella quería venganza… Y le dijo a Daniel que lo perdonaría solo si hacía un acto impensable…

–No estará diciendo...

–Si. Ella le pidió a Daniel que asesinara a Laura.

Inmediatamente sentí el frío correr por mis venas, la realidad comenzaba a afectarme.

–Daniel planeó el asesinato durante el festival escolar en la habitación secreta que Laura y él conocían, la misma a la que tú fuiste... Según la confesión de Grace todo iba a ser un accidente, una casualidad de la utilería inflamable.

Malorak miró las fotografías.

–Pero claro, Laura se adelantó al plan.

Quedé estupefacto.

– ¿Qué quiere decir...?

Malorak cruzó los brazos.

–El día del evento ella le envió un mensaje de texto para atraerlo, diciendo que iba a confesar el asesinato y que lo iba a señalar como el asesino. Daniel no lo pensó dos veces.

Lo miré estupefacto.

–Fue entonces que se dirigió a la habitación secreta... Posiblemente allí Laura lo atacó por detrás y lo golpeó en la cabeza con la barra de metal que encontramos...

Puse la mano derecha en mi frente.

Estaba conmocionado.

–Pero, ¿hay alguna prueba de esto?

El detective cerró los ojos.

Y extrajo el teléfono verde de su abrigo.

–Encontramos esto en una habitación secreta del apartamento de Laura. Ella había borrado el mensaje que ella le había enviado ese día, pero Daniel había copiado el texto y lo había guardado en su teléfono, eso me permitió saber exactamente lo que había pasado ese día...

–Estaba frío, perplejo ante la evidencia.

–Espera... ¿Dijiste habitación secreta?

Malorak asentó.

–Los oficiales la encontraron detrás del armario de su habitación, docenas de fotografía tuyas, tomadas en el lapso de los últimos cuatro años, así como una cámara, boletos de tren y un calendario. Ella te había estado espiando Julián, siguiendo tus pasos sin que tú te dieras cuenta.

Estaba confundido.

—Pero, ¿por qué no se acercó a mí?, ¿por qué hacer algo tan extraño?

El detective me miró con frialdad.

—Creemos que la estaban chantajeando...

Fue ahí donde entre en cólera.

— ¡¿Chantaje?! —repliqué—. ¡¿Quién?! ¡¿Quién fue el desgraciado que la estaba chantajeando?!

Malorak escuchó pasos a la distancia y se levantó en la silla de inmediato.

—Te lo diré cuando lleguemos a un sitio seguro…

Lo mire con confusión.

—No entiendo, ¿qué está pasando…?

El detective me pido salir a la patrulla y me dijo con toda certeza que mi vida corría peligro.

— ¿Peligro? ¿Por qué?

—No hay tiempo para explicar, ¡vámonos!

Y con esas palabras vociferantes. Jensen Malorak abrió la puerta y me miró de reojo.

—No te preocupes, todo va a salir...

En ese momento se escuchó un disparo sordo, el detective Malorak me miró con impotencia mientras se agarraba el pecho sangrante y cayó en mis brazos, señalando con su mirada su pistola brillante, indicando que aquella sería mi última salvación. Antes de que el asesino ingresara agarré el arma y la levanté, apuntando hacia la oscuridad.

El detective prefería sus últimas palabras con una risa adolorida y burlesca desde el suelo.

−Porque no entras, ¿Ángela?

La tensión era extrema.

Sentí que todo el mundo perdió sentido en ese momento.

La sangre comenzó a correr por el piso del apartamento, bastaron dos pasos para que el perpetrador apareciera de las sombras.

Mostrando la cara sonriente de Ángela.

Sentí que la sangre se me helaba en el cuerpo, la revelación que tenía ante mí me habría dado un ataque o algo peor, pero creo que era la adrenalina lo que me mantenía de pie, aterrado, congelado. Me encontraba impotente, observando como la mujer que amaba le había disparado a una persona sin remordimiento alguno y con una gran sonrisa en su cara.

Quizá le daba risa como el detective había desvelado todo el misterio en tan poco tiempo.

No quise imaginar ese pensamiento.

Ángela miró a su víctima.

—Ah, odio a los aguafiestas, siempre explican el chiste y lo arruinan todo, aunque siendo sincera, odio a la gente que se interpone en nuestra relación...

El detective sonrió con los dientes sangrientos.

—Lo siento amor, creo que él ha dicho demasiado...

Sentí el horror en mi cuerpo.

Y la miré con decepción.

—Entonces fuiste tú... Tu mataste a Laura.

Ángela me miró a los ojos.

—Así es, pero esa no es toda la verdad, aunque no lo creas yo siempre te he amado Julián, mucho antes del lago, mucho antes de que tú me conocieras...

De repente comencé a llenarme de dudas.

—Yo siempre pensé en ti, mucho antes que conocieras a esa perra de Laura yo siempre estuve ahí, amándote, perdonándote, deseándote.

Ella me miró con nostalgia.

— ¿Sabes algo?, cuando apenas éramos unos niños pequeños recuerdo que lloraba mucho o estaba molesta por cualquier cosa, no veía la emoción en las cosas, no le encontraba sentido a la vida...

Estaba perdida, sola y agobiada... Pero luego te vi ahí, jugando en el parque sin preocuparte por nada, disfrutando la vida sin pedir nada a cambio, sintiendo una felicidad que yo jamás conocería...

Ángela puso su mano en su pecho.

Y su mirada se tornó enfermiza.

—Debía tenerlo, apretarlo, acariciarlo en mi ser, debía tenerte a ti en cada momento de mi vida…

La miré con terror y angustia.

Ángela profirió una sonrisa malévola.

—Por eso me enamoré de ti, por fin había conocido a mi salvador, a esa persona con la que debía estar el resto de mi vida. Hice hasta lo imposible para estar en tu misma escuela, en tu mismo salón, en tu misma silla...

Ella dejó salir una lágrima de su ojo y se refregó la cara con una risa corta.

—Cielos, me estoy poniendo emocional.

Y con esas palabras sopló su arma humeante.

— ¿Por qué llegar tan lejos? ¿Porque hacer todo esto? —dije, sin pensar en la respuesta.

Ángela me miró con una sonrisa.

– ¿Por qué?, porqué tú eres mío y solo mío, ¿no lo ves?, tú me perteneces. Laura quería alejarte de mí... Ella estaba enamorada de ti, pero yo no podía permitirlo.

Ángela sonrió brevemente.

–Al final ella merecía un castigo por los crímenes que había hecho y también por romper nuestro trato...

La mire indignado.

– ¡¿Trato?!

Ángela sonrió con maldad.

–Cuando Laura mató a Daniel en la habitación de utilería ella salió despavorida en mi dirección, por supuesto yo la estaba esperando, la había seguido. Consideré que ese era el momento propicio para hacer un pequeño trato, para ganarme tu corazón otra vez…

De repente ella se dirigió a Malorak.

– ¿A que no sabía esa, detective...?

Jensen tosió un poco de sangre en el suelo.

Había sido jaque mate.

–Fue entonces que le propuse hacer la vista gorda y dejar que ella huyera de allí, así como decirles a las autoridades que ella había pasado conmigo justo en el momento del asesinato. ¿O qué?, ¿acaso pensaste que la policía dejaría de sospechar de ella como si nada hubiera pasado?

Guardé silencio, estaba perplejo.

—Una belleza como yo no tuvo problemas en convencer a los oficiales. Al final Laura salió impune, pero tuvo que irse de la ciudad...

Malorak sonrió brevemente.

Ángela tomó eso como un halago.

—Ah, pero como podrás imaginar alguien no cumplió su parte del trato... Y lo lamentó en serio. Si al final yo se lo dije: "*Si vuelvo a verte cerca de Julián lo lamentarás*".

Ángela me miró con una sonrisa enfermiza de oreja a oreja.

—Y vaya que lo lamentó...

De repente Julián se puso pálido.

—La mano... ¿Por qué hacer algo tan horrible?

Ángela miró a Julián con compasión.

Y río con cierta burla.

—Son actos de amor tontito, admito que al principio no tenía idea de lo que estaba haciendo, pero entonces me dije: ¿por qué no enviarte la mano? Si lo hacia la policía de seguro hubiera pensado que el asesino te la habría enviado para decirte que aún seguía vivo. Después de todo, nadie sospecharía de la hermosa novia de la víctima, oh no... Ella no podría hacerle algo tan horrible a su pareja... El caso es que ya lo hice.

Ángela profirió una risa malvada.

De repente mi mente comenzó a fracturarse en pequeños y dolorosos trozos, el terror de mis pensamientos aumentaba con cada palabra que ella decía.

–No... Dime que es mentira. Dime que no lo hiciste…

Estaba perdiendo la cabeza.

–Oh, no me mires así. Lo hice por ti, cada acto fue por amor, cada golpe, cada mentira, todo fue por ti…

De repente ella se acercó lentamente a mí.

–Lo de la mano solo lo hice para estar contigo… Para ser la única para ti…

– ¡Basta! –grité, apartándola con fuerza.

Ella me miró con desconfianza y después sonrió.

–Al final, lo hice todo por ti.

La cólera se apoderó de mi mente.

– ¡¿Por mí?!

–Si. Para demostrarte que tan importante eres para mí... Mi dulce amor, mi razón de existir.

De repente lágrimas cayeron de mis ojos.

–Idiota... –susurré.

– ¿Qué? –replicó con sorpresa.

La miré con el dolor más profundo del alma.

– ¡¡Grandísima idiota!! ¿No entiendes lo que has hecho? ¡¿Acaso no ves lo que has hecho!?

Ángela se quedó pasmada.

–No... No sé de qué hablas...

– ¡Mataste a alguien Ángela!, mataste a alguien y le disparaste a un hombre a sangre fría... ¡¿Acaso sabes lo que eso significa?! ¡¿Acaso tienes idea!?

Ella negó con la cabeza,

La miré con cólera.

– ¡Significa que vas a ir a la cárcel! Te arrestarán, te condenarán y es probable que pases el resto de tu vida en prisión...

El terror se postró en su cara.

–Nunca más volveremos a estar juntos, ¿lo entiendes?

Ángela comenzó a romper en llanto.

–No... No, no puede ser. ¿Yo... Alejarme de ti? ¿Separarnos...? ¡¡Nunca!!

Ella profirió dos disparos espontáneos, pero el llanto y la angustia le hicieron fallar los tiros, Julián saltó detrás del mesón de la cocina, solo para que Ángela disparase dos tiros más hasta quedarse solo con uno. Fue entonces cuando la asesina huyo de la escena, aterrada, desesperada y arrepentida, mientras su mundo comenzaba a desmoronarse rápidamente, alimentado por una idea catastrófica y mortífera.

El desamor.

Ángela había abandonado la habitación.

Y yo, no tuve más opción que seguirla.

XV

Corrí con todas mis fuerzas a la puerta, girando a la derecha y subiendo las escaleras de la desesperación. Cuando llegue al último piso arremetí contra la puerta de metal y salí al frío de la noche estrellada, sabiendo con certeza que me encontraría con una escena desconcertante.

Ángela estaba al borde del edificio.

Y tenía el revólver en la mano.

Cuando llegué ella miró al cielo con una fascinación propia de la de una niña.

—Es hermoso, ¿no crees?

—Si...

—Pasamos siempre debajo de él y nunca le prestamos atención... Hasta que la nieve cae del cielo y volvemos a mirar arriba, solo para damos cuenta de que sigue allí...

La miré con dolor.

—Ángela... Dame el revólver.

Ella sonrió con lágrimas en sus ojos.

–Quisiera disculparme por todo lo que te hice pasar... Te lastimé, te herí, nuestra relación nació sobre mentiras... No estuvo bien, no estuvo bien en lo absoluto. Solo quería estar contigo... Pero ahora sé que eso es imposible.

Ella comenzó a llorar.

La miré con la frente en alto.

–Lo sé, yo sé que tú me amabas... Y aún lo creo. Pero el amor no funciona con las mentiras, solo lo estruja, lo lastima... Y lo destruye.

Ángela me miró con lágrimas.

Y miró el revólver.

–No tengo otra opción, no hay otra salida, sencillamente, no puedo seguir viviendo si nunca volveré a verte... Sé que me odiaras por lo que he hecho...

La miré con lágrimas.

–No... No podría odiarte...

Una lágrima cayó por su mejilla.

– ¡No me mientas!

Ángela miró al vacío y secó sus lágrimas.

–Cuando me vaya no quiero que llores. Lo que hice no tiene perdón, no tiene cura...

De repente le apunté con la pistola.

–Ángela, ¡baja del borde!

Ella miró al cielo con lágrimas en sus ojos.

–Solo quiero que sepas que yo te amo, y que viví por ese amor todos estos años. Recuérdame como la mujer que te amó hasta el final, y nunca olvides que te amo, dondequiera que esté…

Ella puso la pistola en su cabeza.

Sentí que el cuerpo me temblaba, la adrenalina aumentando a un ritmo alarmante, de repente me acerqué a ella con pánico.

– ¡No lo hagas! ¡No tiene que terminar así!

– ¡Aléjate! –gritó ella–. No te acerques más.

Pero mi corazón fue necio.

Me acerqué demasiado, y no lo pensé.

– ¡¡He dicho que te alejes!!

De repente un disparo sordo se escuchó en la azotea, observé mi hombro y la sangre comenzó a brotar, fluyendo por el hombro de mi chaqueta negra hasta el suelo, Ángela me miró con un horror colosal y gritó mi nombre, pero cuando quiso bajar perdió el equilibrio, se resbaló y se desplomó como un ángel caído, extendiéndome su mano, mientras yo extendía la mía, gritando su nombre con todas mis fuerzas, pensando que todo pararía en ese momento.

Que el tiempo se detendría para siempre.

Fue entonces que ella cayó al vacío, y fue entonces cuando yo caí al suelo, rendido, tiritando de frío mientras contemplaba la realidad.

Había perdido el juego.

—El amor mata —pensé, mientras las lágrimas caían sobre una sonrisa rota y una expresión de dolor que anunciaba mi muerte. Reí, era una ocasión para reírse. De hecho, no me había reído tanto desde hacía mucho tiempo… Sin embargo, la noche era mi testigo, y me miró con tristeza mientras la nieve comenzaba a caer.

— ¿Que salió mal? —me dije—. ¿Era tan evidente que ni yo podía verlo?

Sí. Eso debía ser.

¿Acaso este era mi final?, si lo era, prefería morir riendo, aunque la situación en la que me encontraba no tuviera ninguna gracia.

Había sentido el dolor más grande de todos.

El desamor.

La risa fue creciendo con fuerza, las luces de la ciudad brillaban a mi alrededor con colores hermosos, las calles estaban casi vacías, y en las aceras se concentraban la gente con mayor libertad, riendo, llorando, sintiéndose vivos por una vez en su vida.

De repente la risa se cortó por un dolor helado y mortífero.

Hacía frío, mucho frío…

La oscuridad fue apoderándose poco a poco de mí y comencé a sudar como si me estuviera derritiendo, en un momento dejé de escuchar el ruido y los sentidos fueron apagándose cada vez más, como una vieja máquina en su último día. De repente observé a mis amigos rodeándome, todos estaban ahí, Stephanie, Daniel, Laura, y en el fondo estaba Ángela, mirándome una última vez antes de desaparecer con sus alas blancas.

– Lo siento, Ángela… –Susurré.

El resto de mis amigos me acompañaron, rodeando mi cuerpo delirante con una mirada profunda, sintiendo que todo había terminado para mí.

No pude saludarlos porque aún no estaba muerto, pero a este ritmo sabía que pronto lo estaría. Muy pronto podríamos irnos en paz a un lugar más tranquilo. Un lugar donde nunca podríamos hacernos daños nunca más.

De repente mis ojos comenzaron a cerrarse, producto del sueño y de una muerte próxima.

Sentí calma y no miedo.

Comprendí que era el momento de irse.

Ese era el final del camino.

Epílogo

Una semana después el hecho se publicó en todos los periódicos del país como *"La tragedia de nochebuena"*, la cual comprendía la muerte de Ángela Nieves, autora de un crimen pasional y el caso de Laura Pumpkings, quien había cometido el mismo crimen cuatro años antes.

Ambas por el mismo hombre.

Por el mismo amor.

En la nota también aparecía la foto del famoso detective Jensen Malorak, quien había resuelto uno de los casos más famosos de su carrera.

Y había dado su vida por la verdad.

Desperté de golpe en una cama blanca en un cuarto de hospital, pensé que había muerto y que ahora estaba en el cielo, pero entonces una enfermera se acercó a mí.

Y me explicó lo que había sucedido.

—Antes de morir el detective llamó una ambulancia a tu casa, los paramédicos te encontraron en el techo... La bala había perforado una arteria, habías perdido mucha sangre. Es un milagro que estés con vida.

Esbocé una sonrisa sincera.

–Un milagro, ¿eh?

La enfermera me dejó solo y miré a la ventana con la venda en mi hombro. Fue entonces que mi madre ingresó a la habitación y me abrazó con un cariño que jamás había visto.

–Perdóname… He sido una mala madre.

La miré con serenidad y la abracé con afecto.

–No te preocupes mamá. Estoy bien.

La pesadilla había terminado.

Tiempo después me volví un fenómeno al haber sobrevivido a tal experiencia. La prensa me hizo muchas preguntas y yo, por supuesto, tuve que dar muchas declaraciones.

Mi historia fue incluso material para que un escritor hiciera una obra llamada "Desamor" o algo así, la verdad nunca leí el libro, aunque me dijeron que tuvo bastante éxito.

El caso se había cerrado después de cuatro largos años.

La comisaría celebró el hecho, todos estaban contentos por una vez en su vida.

Al final regrese al cementerio, a visitar las tumbas de los que alguna vez fueron mis amigos, y que por obra del destino habían sido enterrados en la misma zona, para que así no tuviera que ir muy lejos a decir adiós. Allá, en el fondo, estaba la escultura de un querubín, allí se concentraba la tumba de Ángela Nieves.

La mujer que me había amado hasta el final.

Fui allí y dejé las rosas que tanto le encantaban.

Le dije que sería feliz sin importar el tiempo que pasara, y que no olvidaría el amor y el afecto que alguna vez tuvo por mí.

La miré con afecto una última vez.

Al final. Tuve que dejarla ir.

Mamá me estaba esperando en la puerta, los dos íbamos a festejar el año nuevo en familia.

Sonreí por primera vez en mucho tiempo.

Pues en el fondo, lo único que te mantiene a flote es precisamente lo que logras rescatar más allá de la vida y la muerte.

La voluntad de seguir adelante.

Mis amigos estaban muertos, pero eso estaba bien.

Salí del cementerio con la frente en alto.

Y no volví. Nunca más.

Fin

AGRADECIMIENTOS

Es con profunda alegría llegar a ver el día en que publicaría mi primera obra tras siete largos años, y todo es gracias a las personas que me han estado apoyando desde que comencé a cimentar mis ideas. Agradezco a mi madre y a mi padre por apoyarme en mis sueños, sobre todo a mi hermana, quien me dio el coraje para seguir adelante y perseguir mis sueños, y pasiones.

Agradezco también a todos aquellos que me mostraron el camino, aquellos quienes me ayudaron en momentos duros de mi vida y me enseñaron que ser feliz no depende de lo que te digan los demás, sino de tu propia felicidad, lo que tú decidas hacer en el camino de la vida.

Y si algo te apasiona, nunca lo abandones.

Porque eso te hace feliz.

Y eso te hace libre.

Made in the USA
Las Vegas, NV
07 February 2022

43365066R00069